キャッツ　ポッサムおじさんの実用猫百科

OLD POSSUM'S BOOK of PRACTICAL CATS
by
T.S. ELIOT
Drawings by
EDWARD GOREY
Kawade
Shobo
Shinsha

序文

励まし、批評、提案によって本書の詩作を助けてくれた
友人たちに、謹んで本書を捧げる。
とりわけ、ミスター・T・E・フェイバー、ミス・アリソン・タンディ、
ミス・スーザン・ウォルコット、ミス・スザンナ・モーリー、
そして足元に白いスパッツをつけた男に。
O・P

もくじ

NOMINES
FELARUM

猫の名付け

猫の名付けは実に厄介
　遊び気分じゃまったく失敬
徒（あだ）おろそかな話じゃない
欠くべからざる**三呼の礼**（さんこのれい）
まずは普段の家族の呼び名
ピーター、オーガスタス、アロンゾにジェイムズ
ヴィクター、ジョナサン、ジョージにビル・ベイリー
　親しみやすいがありきたり
雄猫さまにも牝猫さまにも
　雅（みや）びやかなる名前あり
プレイトーにアドミータス、エレクトラにディミーター
　だめだ　まだまだありきたり

いいかい　猫には並から外れた
　威風ある名が必要なもの
なにしろ尻尾をキリッと立てた
　立派なおヒゲの猫さまだもの
とっておきのを教えよう
　ムンクストラップ、クワクソーにコリコパット
ボンバルリーナにジェリローラム――
　どうだい　そこらにないだろう
ところがどっこい　まだひとつ
　人知の及ばぬ名前あり
こいつは神秘の領域を持つ
　猫さまだけが知るばかり
時として　猫がきわめて考え深く
　見える理由は他になく
満悦至極　感慨深く
　味わい味わうその名前　いな
　究（きわ）めようとて究め得ぬ

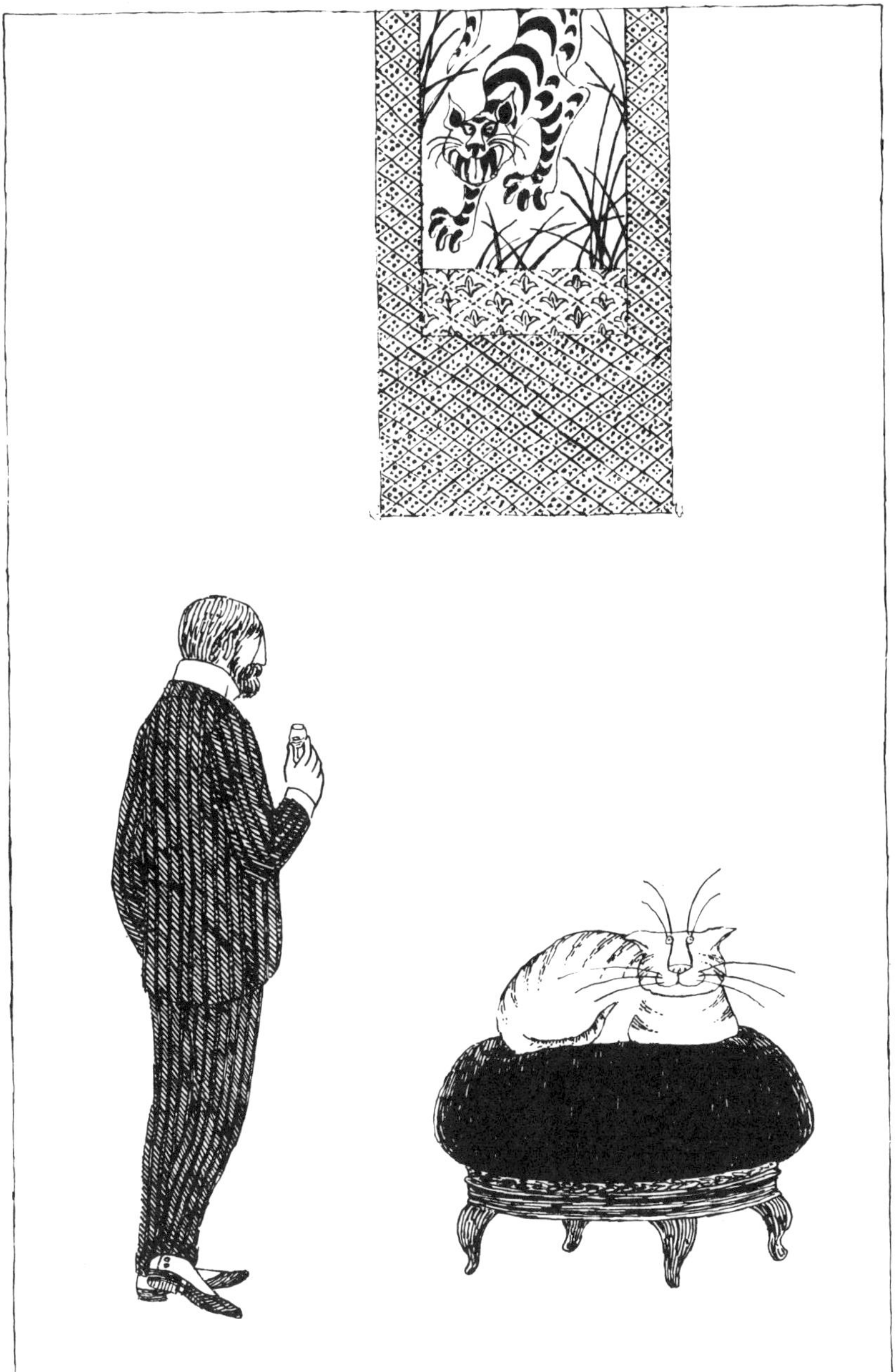

申し申すに申されぬ
謎ふかき唯一の御名（みな）

ガムビーばあさん

ふと思い出す　ガムビー・キャットのジェニエニドッツ
毛並みはミックス　トラの縞やら豹柄模様（レパード・ドッツ）
日がな一日座って暮らす　階段　石段　玄関じゅうたん
ぺったり座ればもう動かない――それでガム猫　ガムビーばあさん！

ところがだ　昼間の喧騒おさまったなら
ガムビーばあさんの仕事はそれから
人間一家が寝しずまるころ
地下へ降りゆく足取りそろそろ
気にかかるのはネズミの生活
全然なっちゃいないと辛辣
マットに並ばせ　夜間学校

音楽　編み物　またお裁縫

ふと思い出す　ガムビー・キャットのジェニエニドッツ
ぬくい日なたに目のないことは　他猫(ほか)を圧してまず一番
昼はひねもす　暖炉にベッドに帽子の上と場所はふんだん
ぺったり座ればもう動かない——それがガム猫　ガムビーばあさん！

ところがだ　昼間の喧騒おさまったなら
ガムビーばあさんの仕事はそれから
ネズミときたら　落ち着きゃしない
食事を変えなきゃ治りゃしない
なせばなる　なさねばならぬ何事も
作りましょ　おいしい菓子と炒めもの
マウスケーキ　パンと干し豆たっぷりよ
ベーコンは赤身　チーズと一緒に炒めましょ

ふと思い出す　ガムビー・キャットのジェニエニドッツ

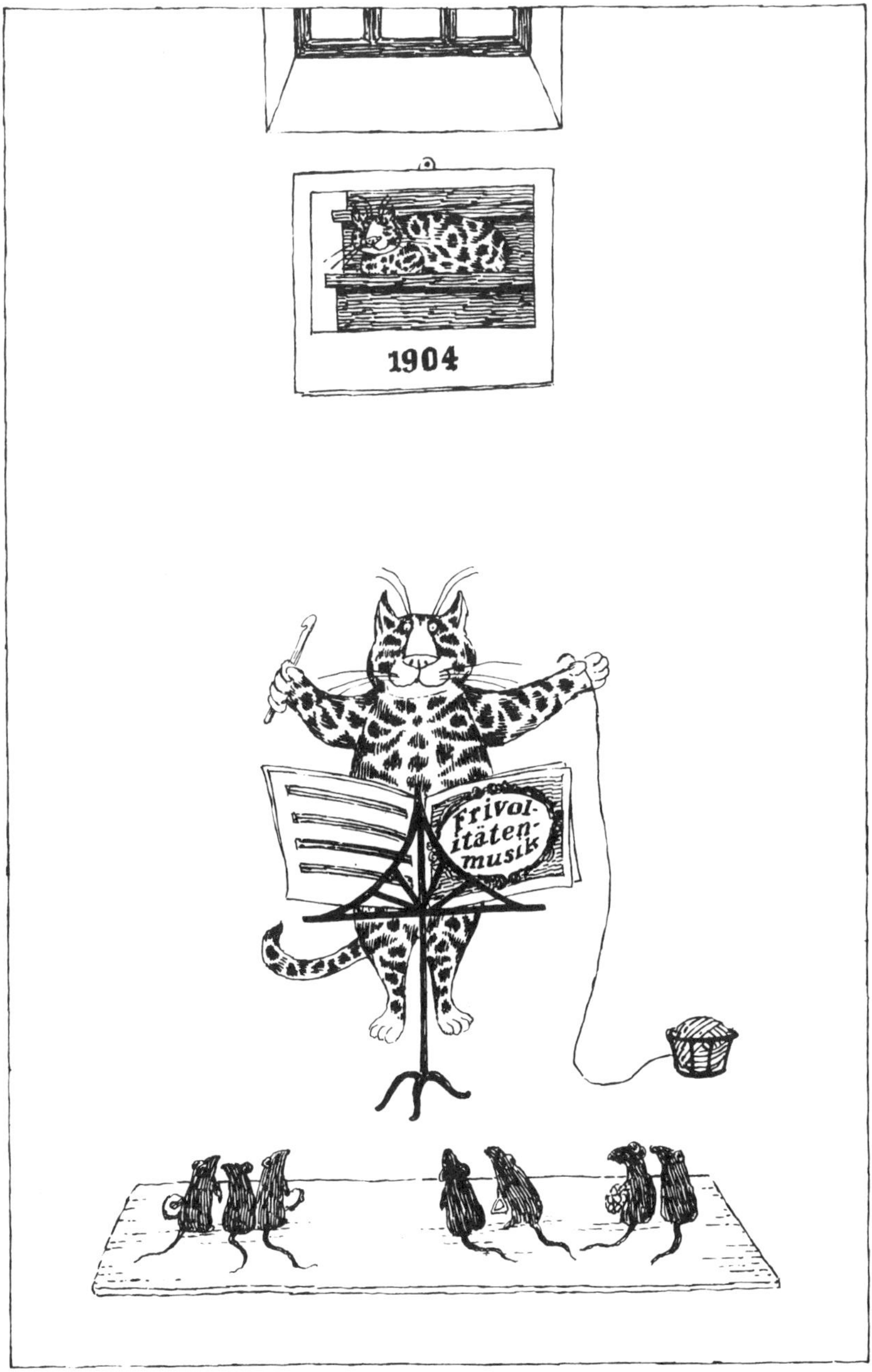
1904
Frivol-
itäten-
musik

カーテンの紐に目がなくて　固い結び目せっせと量産
窓の出っ張り　その他いろいろ　お好きな場所は平たく温暖
ぺったり座ればもう動かない——それがガム猫　ガムビーばあさん！

ところがだ　昼間の喧騒おさまったなら
ガムビーばあさんの仕事はそれから
ゴキブリたち　何か仕事を与えないと
悪事に走るわ　なんとかしないと
教育の効果は絶大　あの愚連隊
今ではりりしい青年隊
目的意識にあふれて真面目——
分列行進　さあ始め

されば世の　ガムビーたちに万歳三唱——
家内整頓　その腕前をみんなが嘆賞

1907

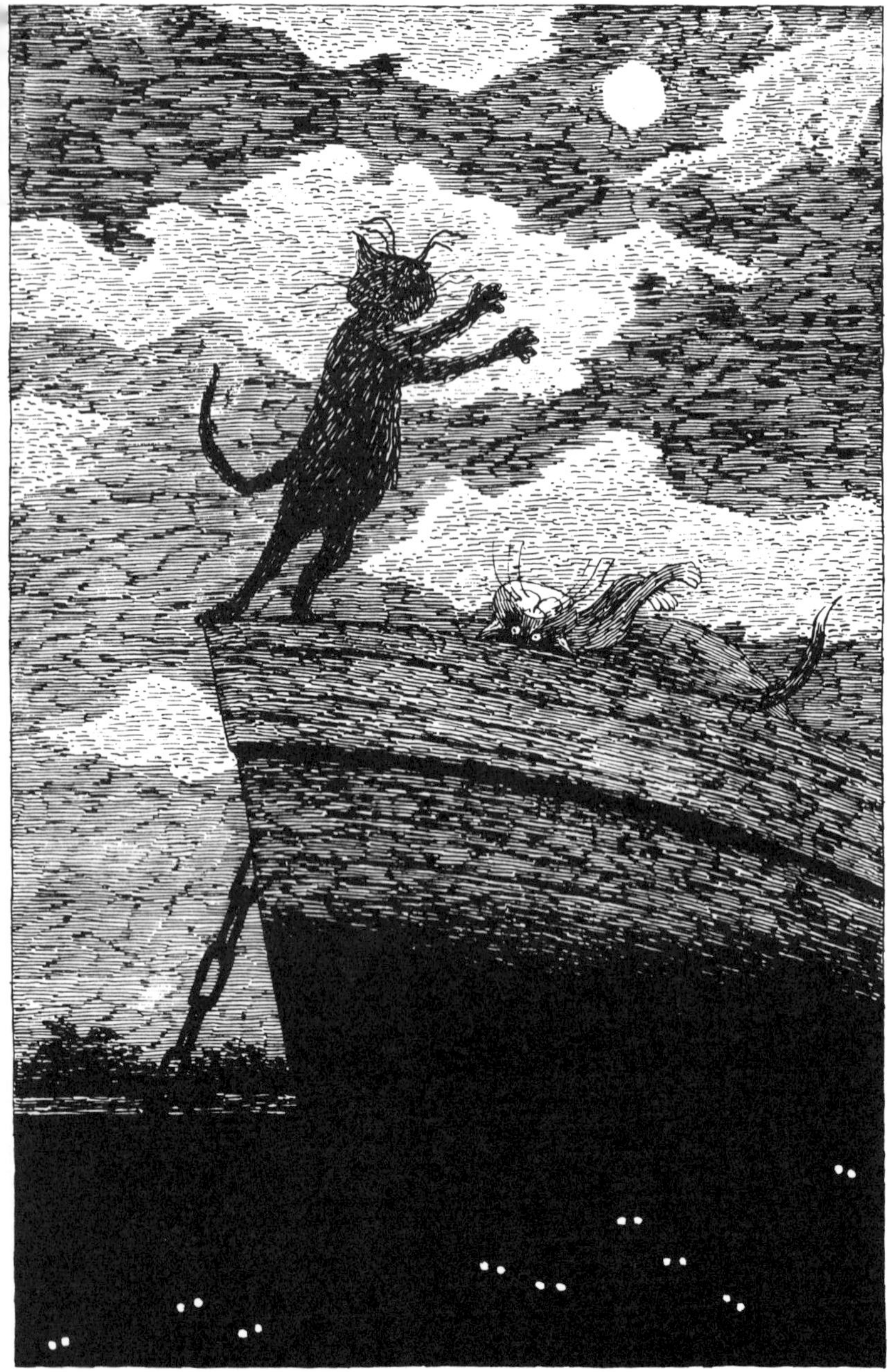

絶体絶命グラウルタイガー

グラウルタイガーは無法者　川船暮らしの大親分（おおおやぶん）
やくざ稼業の誰よりも　音に聞こえた大暴君（だいぼうくん）
グレイヴゼンドからオックスフォード　流れる河の上下（かみしも）に
とどろきわたる悪名は　泣く子も黙る「テムズの鬼」

その物腰も風体も　出くわすものの度肝（どぎも）をひしぐ
そそけ汚れた虎模様（とらもよう）　だぶりと余る膝の肉
言うまでもない経緯（いきさつ）で　耳は片側ちぎれかけ
面白くねえ世の中を　にらむ眼玉もひとつだけ

ロザーハイズの農家でも　タイガーの噂はつとに立つ
ハマースミスやパトニーでも　タイガーの名に総毛立つ

あわてて直した鶏小屋に　間抜けなガチョウを閉じ込めて
テムズ一帯に広がる声は「**タイガーが出た**　気をつけて！」

かよわきカナリヤあわれなり　籠から逃げてタイガーの餌食
ペキニーズ犬あわれなり　やつに睨(にら)まれ青息吐息
バンディクートあわれなり　密航船で身震いやまず
そこらの猫どもあわれなり　喧嘩に負けて足腰立たず！

わけてもタイガーが嫌うのは　異国渡りの駄猫連(だびようれん)
妙な名前に毛唐の血　そんなやつらは許されん
ペルシャもシャムも親分にゃ　触らぬ神と低姿勢
それもそのはず　タイガーの耳が欠けたはシャムのせい

さて　お話は夏の宵　草木は風にさらりさらり
月もさやけく　親分の船はモールジーの河岸(かし)泊まり
淡き光に照らされて　船べり叩く波は紺碧
グラウルタイガーの荒魂(あらたま)も　今宵はちょいと感傷的

若党頭（わかとうがしら）のグランバスキン　とうの昔に姿をくらませ
ハムトンの〈ベル〉にしけこんで　ひげからビールを滴（したた）らせ
水夫頭のタンブルブルータス　こいつもひそかに持ち場を去り
〈ライオン〉亭の裏庭で　今夜の飯の鼠狩り

グラウルタイガーただひとり　船の舳先に腰を据え
グリドルボーンの奥方と　共に語らう恋の行く末
荒武者ぞろいの手下（てか）どもも　夢の世界でしばし安閑
そこへひそかに忍び寄る　シャム猫どもの大船団

グラウルタイガー片耳立てて　奥方相手にかき口説く
女もうっとり夢心地　バリトンボイスのこの功徳
安心しきってお互いに　しなだれかかりあうばかり
そのあいだにも川面（かわも）には　月影青き眼が百あまり

旋回しつつじりじりと　包囲を縮めるシャム軍団

物音ひとつ立てもせず　忍び寄りくるさまも剽悍(ひょうかん)
これが最後と知らずして　続くは恋の二重唱
危うし　敵の持つ武器は　細短剣(トーストフォーク)に肉包丁

いざや掛かれとギルバート　居並ぶ部下に与える合図
たちまち上がる銃声に　東洋猫ら後(あと)も見ず
帆前船から艀から　親分の船に飛び移り
ハッチふさいで三下どもを　一挙に閉じ込め形勢有利

尻つつかれたグリドルボーン　ぎゃっとばかりに悲鳴を上げる
色気も恋もあらばこそ　またたくあいだに消え失せる
溺れもせずに逃げたなら　かの奥方はなかなか気丈
かたやタイガー術(すべ)もなく　刃物に囲まれ立往生

情知らずの敵軍に　ずずいのずいと押し出され
思いもかけぬ処刑板(しょけいいた)　その歩みこそ哀れなれ
敵をさんざん殺したる　かの勇名も水の泡

今は甲斐なし悪運尽きて　ドボンと沈むテムズ河
タイガー死すの朗報に　ワッピングではみなうっとり
メイドンヘッドもヘンリーも　町を挙げての馬鹿踊り
鼠の丸焼き香ばしい　ブレントフォードにヴィクトリア・ドック
今日は休みとお触れを出して　祝うはシャムのバンコック

ラム・タム・タガー

ラム・タム・タガーはヘンな猫
雉肉(きじにく)出したら　雷鳥がいい
家に住んだら　アパートがいい
アパートに住んだら　家がいい
小ネズミいたら　大ネズミがいい
大ネズミいたら　小ネズミがいい
そうさ　ラム・タム・タガーはヘンな猫
　などとわめくも無駄なこと
　　したいようにしか
　　　しやしない
　　　　そういうもんさ　しかたない！

ラム・タム・タガーは困り者
入れてやったら　出て行きたがる
出してやったら　入(はい)りたがる
家(うち)に帰れば　探検したがる
机の引き出し　寝床にしたがる
閉じ込められて　大いに嫌がる
そうさ　ラム・タム・タガーは困り者
　疑念をはさむは無知なこと
　　したいようにしか
　　しやしない
　　そういうもんさ　しかたない！

ラム・タム・タガーはヘンなやつ
生まれついての天邪鬼(あまのじゃく)
魚をやったら　ご馳走ちょうだい
魚なしでは　兎も要らない
クリームやっても見向きもしない

貰い物には興味がない
戸棚にしまえば　あに図(はか)らん
耳までベタベタ　現行犯
ラム・タム・タガーは悪知恵たっぷり
抱っこなんぞはとてもムリ
でも　縫い物にいきなり飛びつき
メチャメチャにする　こいつは大好き
そうさ　ラム・タム・タガーはヘンなやつ
　いくら言っても無益なこと
　したいようにしか
　しやしない
　そういうもんさ　しかたない！

ジェリクルたちの歌

ジェリクル・キャットはみな出てこい
ジェリクル・キャットの勢ぞろい
ジェリクル・ムーンが明るい今宵
ジェリクル・キャットの舞踏会

ジェリクル・キャットは黒白柄（くろしろがら）
ジェリクル・キャットはみな小柄
ジェリクル・キャットは気立てよし
さかり声まで心地よし
ジェリクル・キャットは顔つき朗らか
ジェリクル・キャットは黒眼が晴れやか
優雅なこなしで辺りを歩き
ジェリクル・ムーンを待つのが好き

ジェリクル・キャットはゆっくり育つ
ジェリクル・キャットは小型で活発
ジェリクル・キャットは丸っこい
ダンスのことなら何でも来い
ジェリクル・ムーンが出るまでは
身づくろいして一休み
きれいに洗う耳のすみ
指まで広げて夕涼み

ジェリクル・キャットは白黒模様
ジェリクル・キャットは小さいほう
ジェリクル・ジャンプは手足ひろびろ
ジェリクル・アイは月の色
朝のあいだはおとなしい
昼が過ぎてもおとなしい
そいつは神秘の力を高め
ジェリクル・ムーンに踊るため

ジェリクル・キャットは黒白柄
ジェリクル・キャットは（もういいから――）
もしもその夜（よる）　嵐が吹けば
ホールで練習するは跳躍（ケイパー）
昼の太陽　さんさん照れば
とくべつ何もしやしない
だって夜こそかけがえない
ジェリクル・ムーンの舞踏会

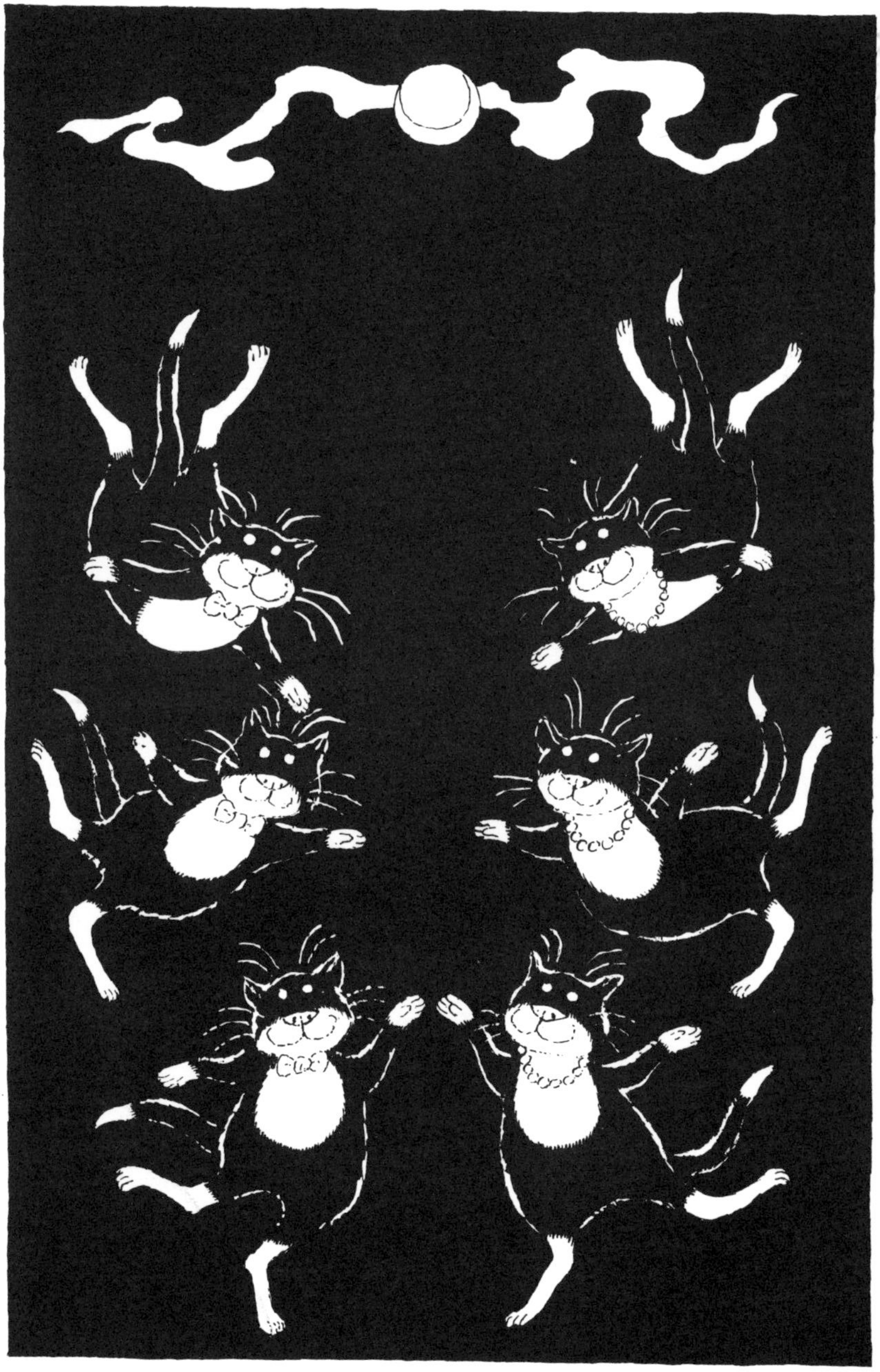

マンゴージェリーとランペルティィーザー

ちょいと出ました悪たれボーイズ　マンゴージェリーとランペルティィーザー
ドタバタ道化や早変わり　アクロバットに綱渡り
何でもござれで売れた顔　居を構えるはヴィクトリア・グローヴ——
実のところは単なるアジト　生きてるからには飛び回らないと
コーンウォール・ガーデンズ　ローンストン・プレイスにケンジントン・スクエア——
二匹の猫とはとても思えない　知られっぷりだよお立ち会い

わずかに開(ひら)いた家の窓
地下に残るは狼藉のあと
剝ぎ取られたる屋根瓦
今度の雨はしのげるやら
かき回された簞笥を見ると

行方が知れない冬用ベスト
夕食すませたお嬢様
真珠はどこと動顛のさま
そんな時　一家は叫ぶ「あの猫だ！
マンゴージェリーか――ランペルティーザー！」　――叫んだところで甲斐はなし

またも出ましたお喋りボーイズ　マンゴージェリーとランペルティーザー
空き巣狙いはお手の物　ガラス破りもなんのその
ヴィクトリア・グローヴに居を構えつつ　定職などはまるきり軽蔑
お巡りあざむく舌先の芸　相手はころりと信用の体

日曜の夜　家族の団欒
今宵はたっぷり詰め込まん
羊の腿肉　ポテトにサラダ
ところがコックは恐縮はなはだ
涙とともに声しぼりだす
「残念ながら晩餐は　明日までお待ちを願います

いま焼き上げた腿肉が　行方不明でございます！」
そんな時　一家は叫ぶ「あの猫だ！
マンゴージェリーか――ランペルティーザー！」　――叫んだところで甲斐はなし

さても出ました連れ立ちボーイズ　マンゴージェリーとランペルティーザー
天の助けか地の導きか　気候のせいと言うべきか
迅風(はやて)のごとく家内を突貫　なすすべもなく一家は震撼(しんかん)
マンゴージェリーか――ランペルティーザー？　それとも二匹いっぺんか？

夕食室で何かが砕ける
地下(した)の食品室(パントリー)で何かが崩れる
二階(うえ)の書見室(ライブラリー)では「ピン！」と音
まずい　花瓶は明(ミン)のもの――
そんな時　一家は叫ぶ「どっちがどっちだ？
マンゴージェリーとランペルティーザー！」　――これでは　まるで打つ手なし！

デュートロノミー御大(おんたい)

デュートロノミー御大は神代(かみよ)の生(う)まれ
　生きた回数も類(たぐい)まれ
歌の文句に謳われたのさえ
　ヴィクトリア女王の即位前
猫は九生　でも御大が墓を掘った
　女房は九十と九匹おった
子々孫々は残らず繁栄
　年は取っても村には光栄
日向ぼっこ　牧師館(やかた)の塀が大好き
　春風駘蕩のお顔つき
村の長老　しわがれ声で「こいつは……
　したり……もしやその……いやまさか！……違う……違わん……

なんとまあ！
　たまげたもんだ！
わしゃかすみ目じゃが　それにしても
こりゃ御大じゃあるまいか！」

デュートロノミー御大　村の通りにいつも陣取り
　市の立つ日は大通り
牛がモー　羊がメーと鳴いたなら
　犬と牧童　黙らせるやら追い払うやら
道をはみ出す車列に向かい
　村は立て札「迂回ください」――
お休み気分でいらっしゃる間(かん)
　いかなる邪魔もしてはならん
恐れ入ります　家計のご思案
　村の長老　しわがれ声で「こいつは……
　したり……もしやその……いやまさか！……違う……違わん……
　　なんとまあ！

　たまげたもんだ！
わしゃよく聞こえんが　それにしても
御大のしわざじゃあるまいか！」

デュートロノミー御大が　昼寝をなさるは床の上
　場所は居酒屋〈狐と角笛（つのぶえ）〉
男どもが「あと一杯」と言ったらば
　おかみが奥から顔を出し
「さっさと裏からお帰りなさい
御大の目を覚まさせるつもりかい——
騒ぐと呼ぶわよ　お巡りさん」
　お客は文句も言わずに退散
皆の尊重　斯（か）くこそあるなれ
　御大　昼寝の腹ごなれ
村の長老　しわがれ声で「こいつは……
したり……もしやその……いやまさか！……違う……違わん……
　なんとまあ！

たまげたもんだ！
わしゃヨタヨタじゃが　それにしても
御大を蹴ってはなるまいぞ！」

ペキとポリクルの恐るべき戦い
付するにパグとポメの参戦
および偉大なるランパス・キャットの
仲裁ぶりをもってす

ペキとポリクル　悪名高き
不倶戴天の犬がたき
抗争（でいり）の絶ゆる暇ぞなき
パグやポメとて　世間の口は
平和ごのみと言うなれど
おさまらぬもの　任侠の血は
ことあるごとに
　　ウワン　ワン　ワン　ワン
　　ウワン　ワン　**ワン**　**ワン**
どこもかしこも轟音充満

いざや語らん　かの争乱
それまで七日の戦線平穏
（異例の事態なること無論）
ポリス・ドッグも行方不明――
噂じゃ仕事をちょいと失敬
パブ〈煉瓦亭〉のビールが目当て――
通りは閑散　その中で
ペキとポリクル　いきなり出くわす
進むにあらず　引くにもあらず
ハッタと睨んで後肢（あとあし）蹴立て
さておもむろに
　　ウワン　ワン　ワン　ワン
　　ウワン　ワン　**ワン　ワン**
どこもかしこも轟音充満

ペキのこと　英国犬とはひどい謬見（びゅうけん）
お国は遠い中華圏

仲間の声に　それ一大事
窓へドアへと逸る意地
総勢十匹　いや二十匹
ドスを利かせた四声(しせい)の抑揚
唸る様子はまことに凄愴
ところがポリクル　態度きっぱり
ヨークシャー産の意地っぱり
スコットランドとも縁つながり
さてこそ出番とバグパイプ
進軍の曲　鳴り渡り
ついにたまらずパグにポメ
屋根　バルコニーから力こめ
ともに参戦
通りは騒然
その声たるや
　　ウワン　ワン　ワン　ワン
　ウワン　ワン　**ワン**　**ワン**

どこもかしこも轟音充満

勇者の叫びは増すばかり
交通ストップ　地下鉄激震
近所の人々　恐怖のあまり
消防署へとご注進
かかる折しも　のっそりと
ねぐらを出たるランパス・キャット
両のまなこに炎をたたえ
大あくび　突き出す顎はまるで岩
じろり睨めば　柵ごしでさえ
貫録無双の毛むくじゃら
その眼力と大あくびには
ペキ　ポリクルも冷汗たらたら
ランパス・キャット　空を見据えて跳躍一番——
とたんに犬どももみな退散

そこにひょっこりポリス・ドッグ
通りは空っぽ　ひっそりかん

ミスター・ミストフェリーズ

さてご紹介　ミストフェリーズ！
世に並びない猫の魔術師――
（この点　疑いの余地あるまい）
まあ聞いてくれ　嘘じゃない
仕掛けは自前　模倣を卑（いや）しむ
そんな猫　この都（みやこ）にも他には皆無（かいむ）
どのマジックも独占特許
たいしたもんだよ妖（あや）しのトリック
たまげたもんだよ五指のテクニック
　刹那の早業
　　手練の軽業
　いくら見てても

　また騙される
どれほどうまい手品師も
彼氏に比べりゃまるでイモ
はいよっ！
　ほらさっ！
　　みんな呆然　ただただ唖然
　　　こは如何に！
　　　この世の中に
　　　ひとりだに
　　　　またといようか　ミストフェリーズ！

身体は小柄　寡黙で実直
上から下まで黒一色
どんな隙間も心配無用
細い手すりも平気で歩行
カード選びは自由自在
サイコロさばきもまた天才

なんて事実はひたすら隠蔽
鼠に夢中と見せかける芸
　スプーンひとつ　コルクが一本
　フィッシュペーストで道具は充分
ナイフとフォーク　さっきまであったのに
　どこへ行ったと思ったら
ただお待ちあれ　七日後に
外の芝生で見つかるから
　みんな呆然　ただただ啞然
　　こは如何に！
　この世の中に
　ひとりだに
　　またといようか　ミストフェリーズ！

態度は曖昧　そしらぬ風情
一見のとこシャイもいいとこ
それなのに　屋根で声だけ響く謎

本体は暖炉の前でご休憩だぞ
おやおや　今度は暖炉で声なぞ
よく見りゃ屋根で日向（ひなた）ぼこ
（おかしいな　喉のゴロゴロは聞こえたぞ）
これぞまさしく動かぬ証拠
彼氏はまれなる魔術の宝庫
　姿が見えず一家で不安
庭に呼びかけ数時間
　ふと気がつけば寝床は玄関
こないだも　シルクハットの中から突然
子猫が七匹　こっちは目が点！
　みんな呆然　ただただ唖然
　こは如何に！
この世の中に
ひとりだに
　またといようか　ミストフェリーズ！

マキャヴィティ――ミステリー・キャット

マキャヴィティはミステリー・キャット　ついた仇名が「足跡隠し」――
法の網目をかいくぐる　ワル猫どもの大老師
警視庁には打つ手なく　特捜隊もただ嘆き節（ぶし）
現場へ急行してみても　マキャヴィティはもういない！

マキャヴィティ　マキャヴィティ　並ぶもののなきその異能
法律だってちょろいもの　重力なんぞ無いかのよう
いかに印度の行者とて　浮揚の術では及ぶまい
現場へ急行してみても　マキャヴィティはもういない！
床下深く捜しても　はるかに空を見上げても
いつも結果は同じこと　マキャヴィティはいないのさ！

毛皮の色はショウガ色　ひどくノッポでどえらい細身
いちど会ったら忘れない　ぐっとえぐれた眼のくぼみ
額に深くしわを寄せ　頭は高いドーム型
埃だらけの毛皮着て　ひげの手入れはいつもご無沙汰
頭を揺らすそのさまは　獲物を狙う蛇のよう
うとうと眠ると見せかけて　実は頭脳がフル稼働

マキャヴィティ　マキャヴィティ　並ぶものなきその異能
悪魔にまごうその手腕　闇の世界に躍る怪猫
横丁にいることもある　広場で出会うこともある——
でも犯罪の現場には　マ、キ、ャ、ヴ、ィ、テ、ィはい、な、い、の、さ！

見た目はちょっと紳士ふう（もっともイカサマ博打が売り）
指紋を残す間抜けとは　ひと味ちがう悪党ぶり
食料室が荒らされる　宝石箱が盗まれる
ミルクの瓶が行方不明　ペキニーズ犬が絞め殺される
温室ガラスが破られる　庭の垣根に大損害——

BELUGA

なのにこいつは摩訶不思議！　マキャヴィティの姿はない！

顔あおざめる外務省　条約文書が行方不明
頭かかえる海軍省　どこへ行ったか新設計
捜査に当たる連中は　廊下に落ちた紙片に拘泥（こうでい）
ところが実にお気の毒――マキャヴィティはいないのさ！
紛失事件の発表に　諜報員ら囁（ささや）き交わし
「マキャヴィティの仕業（しわざ）だぞ！」――だけどあいつは知らん顔
遠く離れた街角で　のんびり指をなめまわし
このややこしい割り前を　どうしようかと思案顔

マキャヴィティ　マキャヴィティ　並ぶものなきその異能
得体の知れぬ悪だくみ　とぼけの技も天下無双
アリバイなんかお手の物　スペアもいくつかある模様
事が起こったその場所に　**マキャヴィティはいなかった！**
広い世間に知れわたる　荒くれ猫は多いけど
（マンゴージェリーにグリドルボーン　こいつらの名を挙げとこう）

やつらはただの実行役　ほんとのワルはいつも不問
かげで糸ひくあいつこそ　犯罪界のナポレオン！

ガス——劇場猫

ガスがいるのは劇場の前
アスパラガスがほんとの名前
だけど　そいつはちと面倒
ガスと縮めりゃ好都合
毛皮オンボロ　骨が透け
前足ブルブル　発作のツケ
もっとも昔はイカしてた——
今では鼠の冗談のネタ
若い盛りはいつのこと
なのに爺さん　ちっとは知れた顔だったよと
猫の倶楽部で大気焔（だいきえん）
（倶楽部といっても　パブの裏でしかありゃせん）

今日も誰かに一杯たかり
汲めども尽きぬ昔がたり
なにしろかつては劇壇の寵児（ちょうじ）
ツリーやアーヴィングと共演常時
ミュージックホールの出番では
大向こうから「大統猫（だいとうびょう）！」
わけても自慢の役柄は
悪魔の化身（けしん）　ファイアフロアフィドル

「演技は万能　演説滔々（とうとう）
七十ばかり暗誦可能
アドリブ絶妙　ギャグも即妙
ほれぼれするぜ　この口調
背中（せな）と尻尾でお客はとりこ
さっと稽古（さら）えば舞台は無事故
とろける美声を使いこなし
主役脇役おかまいなし

ネルの死の床に寄り添いもした
鳴り響く晩鐘（ばんしょう）にぶらさがりもした
クリスマス時分は休む暇なく
『ディック・ホイッティントン』じゃ猫の代役
だけど　やっぱり自慢の役は
悪魔の化身　ファイアフロアフィドル」

おごられ酒（ざけ）なら好物のジン
おはこの逸話は「イースト・リン」
シェイクスピアにもしっかり出演
人間（ひと）の役者に呼ばれた御縁
もいちど演（や）ろうか　溝を這いずる猛虎の逃走
印度軍の大佐に追われ　必死の形相
今でも演れるぜ　誰よりわし向き
身の毛もよだつ霊媒の声つき
さては宙乗り　電線伝い
燃えさかる家から子供を救出だい

「若(わけ)え奴らはまったく猪口才(ちょこざい)
輪くぐりごときで客に大もて
ああ　懐かしのヴィクトリア時代
下積み修行のうらおもて」
手先で身体を掻きながら　ガス爺さんはまたも述懐
「まったくさ　芝居の道は落ちたもの
現代風も悪くはねえというものの
何かが違う　わしには勝てん
　一世一代　不滅の名演
　雪は消えても名は残る
悪魔の化身　ファイアフロアフィドル」

バストファー・ジョーンズ——シティボーイ・キャット

バストファー・ジョーンズは骨と皮　じゃない
実はたっぷり肥満体
倶楽部（クラブ）がひいき　パブには冷たい
セント・ジェイムズの猫だもの
みんなの挨拶うける姿は
塵ひとつない黒の上物
そんじょそこらの猫とは違い
ズボンも背中も決まってる
セント・ジェイムズにその名も高い
猫の世界のボー・ブランメル
誰でも一声かけられたい
白いスパッツのバストファー・ジョーンズ！

〈高等教育会（シニア・エデュケーショナル）〉はときどき訪問
〈名門校連盟（ジョイント・スーペリア・スクールズ）〉はいつでも鬼門
掛けもち入会はご法度さ
どんな猫にも許されないとさ
それと同じく　狩猟肉（ゲーム）の季節になったなら
〈フォックス〉じゃなく　〈ブリンプ〉ひとすじ　さりながら
〈ステージ・アンド・スクリーン〉にはちょいと寄り道
貝と小エビがロンドン随一
鹿のシーズン　旨さが後ひく
〈ポットハンター〉の骨つき肉
十二時前なら　ちょうど頃合
ドローンズ倶楽部で食前酒だね
急いでるなら　カレーでいいかい
〈サイアミーズ〉か〈グラットン〉
浮かぬ顔なら　間違いない
〈トゥーム〉の定食で済ませたね

これがまあ　バストファーのご日程
合間合間は　倶楽部で休憩
そんな調子じゃ不思議もないが
たっぷり丸い身体つき
二十五ポンドは保証つき
減量なんぞする気もないが
それでも見栄えが落ちないわけは
規則正しい生活だとさ
あのでぶ猫の口ぐせは
「これが生きるということさ」
ペルメル通りに春をふりまく
バストファー・ジョーンズの白いスパッツ！

スキンブルシャンクス——鉄道猫

十一時三十九分　夜行郵便列車（ナイト・メール）は発車間近
ホームの人々　ひどく様子が落ちつかない
「スキンブル　どこにいるんだスキンブル　探してるのは指抜き（シンブル）か？
やつがいなけりゃ列車が出ない」
車掌に赤帽　駅長のお嬢さん
この大捜索　なんとも仰山
「スキンブル　どこにいるんだスキンブル　あいつの調子が悪くては
夜行列車は中止の公算」
十一時四十二分　刻限迫る車内では
乗客みんなが半狂乱——
そこに出てきたスキンブル　後部へ向かう足取り悠揚
なんと見上げた仕事熱心　今までいたのは貨物車両！

緑のまなこがピカリと光り
　腕木がカタリ「出発進行！」
北半球を北へと向かう
　旅の道行き　ようやくかなう！

スキンブルとは　すっきり言えば
寝台急行の列車長
運転士に車掌　運を試しにトランプ弄(いじ)る郵便係
残らず押さえた一覧表
通路を進んで突き合わす
乗客の顔　一等　三等
おさおさ警戒おこたらず
いかなる事故にも即対応
みんなを見つめて見通して　瞬(まばた)きもせぬ眼(まなこ)の色
羽目を外した騒ぎはご無用
そんな雰囲気　客みな察し
巡回中はかならず自重

スキンブルシャンクスは隙（すき）がない
　威風あたりを払って堂々
スキンブルシャンクスさえ乗っていりゃ
　北行き列車は無事運行

こいつはいいぞ　個室のドアに
客の名前の掲示きっちり
寝台は清潔　シーツもピシリ
床の掃除も隅々ばっちり
灯がいっぱい　調節自在
ボタンひとつでそよ風が愉快
洗面器　あんまり小型でいささか笑止
窓閉めハンドルは風邪ひき防止
車掌の顔見せ　言葉も丁重
「朝の紅茶　いかほど強くいたしましょう？」
スキンブル　後ろでつとめるお目付け役
諸事万端　目を光らせて抜かりなく

　こっちは寝台に上がりこみ
　あとはふとんをかぶるのみ
そのとき分かるありがたみ
一切おらず　ネズミにシラミ――
それもこれも　あのスキンブル
　猫の列車長に感謝あるのみ！

夜半（よわ）に及ぶも　スキンブルはなお活発
紅茶にスコッチ　ちょいと垂らし
見回り少しも怠りなし
たまに立ち止まり　ノミを捕獲
クルー駅　お客は寝台で前後不覚
スキンブルはホームを巡察
カーライル駅　お客はいまだ正体なく
スキンブルは駅長に声かけ快活
お客が起き出すダンフリース　それまでに
怪しいことがあったなら　ここですかさず呼び出す警察

さて終着のギャロウゲイト　待ちの時間はまるでなし——
荷物でしたら　スキンブルが運びます！
茶色の尻尾をひらりと振って
ごきげんようのご挨拶
「それでは次の夜行の旅で
鉄道猫がお目にかかります」

猫とジッコンになる方法

いろいろ猫をお目にかけ
そろそろ読者の皆様も
猫の性格を理解するのに
仲介いらずの時分かも
ご覧の通り　猫たちは
あなたや私とご同様
他の誰ともご同様
十猫十色（じゅうびょうといろ）の性格・気性
正気なやつ　狂ったやつ
善良なやつ　邪悪なやつ
他よりいいやつ　悪いやつ——
どんな猫でも詩になるはず

仕事中の猫　遊ぶ猫
いろんな名前を持った猫
猫の習慣　暮らし向き
でも
　猫とジッコンになる方法は？

まず　思い出してもらいたい
「**猫は犬ではありません**」

犬は喧嘩のふりが好き
しばしば吠えて　たまに噛みつき
とはいえ　犬というやつは
およそ単純なものだがね
もちろん例外はペキだとか
何とかいった変わり種
そのへんにいる犬たちは
それよりずっとおどけもの

つんとすましているよりも
ドジ踏むほうを選ぶもの
やつらはあっさり騙される——
顎をくすぐり　背中をたたき
握手のひとつもしてやれば
転げ回って犬はしゃぎ
どう呼ばれるかも無頓着
儀礼なんぞは一切省略

ここでまた　思い出してもらいたい
「犬は犬——**猫は猫**」

猫について　世上よく聞く教訓は
「こっちから話しかけてはなりません」
こいつは疑わざるを得ん——
猫とはジッコンになるのがいい
ただひとつだけ大事な点

節度は保ったほうがいい
私なら　一礼ののち帽子を取り
ジッコンのしるしに呼びかける「おお　猫どの！」
隣の猫なら心にゆとり
これまで何度も会ってるもの
（こっちの部屋を訪ねてくるんだ）
私も気楽に「よう　猫くん！」
そういえば　彼の名前はジェイムズ・バズ＝ジョーンズ――
しかし　こいつは先走った
いずれは猫がこっちを信用
友達あつかいしてくれるよう
クリームだとか何だとか
お使いものはぜひ必要
時にはぜいたくもいいだろう
フォアグラパイに生キャビア
雷鳥肉にサーモンペースト――
それぞれあるさ　得手不得手

（私の知ってる猫なんか
兎しか食べぬ徹底ぶり
それも食後に手をなめて
オニオンソースでしめくくり）
そんなこんなの心遣い
猫には受ける権利がある
しばらくすればそろそろ頃合
名前で呼べるようになる

だからじっくり根気よく
それが**ジッコンになる**法則

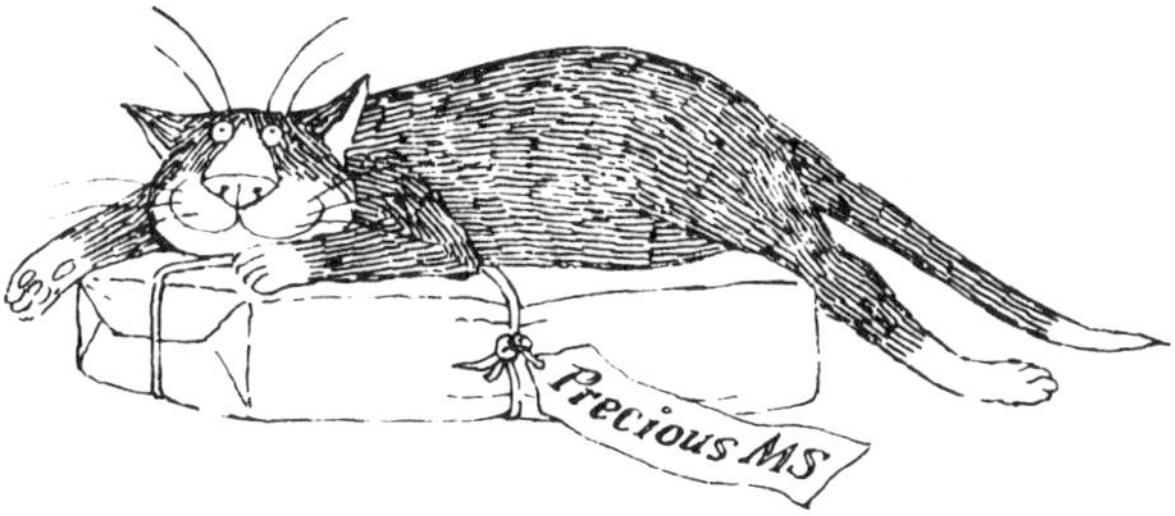

モーガン爺さんの自己紹介

海賊稼業で鳴らした俺も
今じゃ気楽な門番ぐらし
ブルームズベリーの出版社(ほんや)の前が
錨を下ろした終(つい)の河岸(かし)

俺の好物ぁ　ウズラに雷鳥
ボウルにたっぷりデヴォンのクリーム
贅沢ぁ言わねえ　巡回(しごと)のあとで
ビールに魚をくれりゃあ上等

口も悪けりゃ　愛想も悪い
それでも毛皮(おべべ)はなかなか小粋

ありがてえやね　みんなが言うにゃ
「大したもんさ　あの心意気」

海の暮らしで喉は塩辛（しおから）
　オルガンの音（ね）にゃ　まずかなわん
だがね　こいつぁ自慢じゃねえが
　ちょいとモテるよ　このモーガン

フェイバーかフェイバーに御用の節は
（ふたりの見分けは俺にも付かんさ）
覚えておきな　門番猫と
　仲良くやるのが一番さ

モーガン

訳者あとがき

T・S・エリオット（一八八八〜一九六五）は二十世紀の英語圏を代表する詩人・批評家のひとりだが、そんなことを知らなくても『キャッツ　ポッサムおじさんの実用猫百科』を楽しむ妨げにはならない。ロングラン・ミュージカル『CATS』の原作ともなった本書は、エリオットが「袋鼠（ポッサム）おじさん」（Old Possum）というキャラクターに仮託して書いたライト・ヴァース（ユーモラスな軽い詩）のコレクションである。

これらのライト・ヴァースはエリオットにとっては知り合いの子供たちを楽しませるためのお遊びだったのかもしれないが、言葉を操る技の巧みさは抜群だ。軽妙にして精緻なイラストをつけているのは、柴田元幸訳の絵本シリーズ（河出書房新社）で日本の読者にもなじみの深いエドワード・ゴーリー。これ以上の組み合わせはない。

もっとも、『キャッツ　ポッサムおじさんの実用猫百科』だけでエリオットの詩作を代表させてしまうのは、あまりに乱暴というものだろう。この詩人を紹介するならば、本業であるシリアスな詩や評論に触れないわけには行かない。とはいえ、エリオットを専門的に研究しているわけでもない訳者に言えるのは、ごく常識的な事柄だけである。だから、まずは論より実物、翻訳のおまけをお目にかけよう。最も有名な詩「荒地（あれち）」から、出だしの部分をどうぞ。

四月はいちばん残忍な月、ライラックを
死んだ土地から生み出し、記憶と欲望を

混ぜ合わせ、鈍くなった草木の根を
春の雨で揺り起こす。
冬は私たちをぬくもらせ、地球を
忘却に満ちた雪で覆い、干上がった塊茎で
いささかの生命を養ったものだ。

ご覧の通り、『キャッツ　ポッサムおじさんの実用猫百科』とは、ずいぶん趣が異なる。それもそのはず、「荒地」の背景には、第一次世界大戦——欧州を戦場とした、近代兵器による最初の総力戦——によって西欧の精神的風土が荒廃の危機に瀕したという事実があるのだから。この詩は、行が進むにつれて暗い色調をいっそう濃くしてゆく。

エリオットの主要な著作は、西欧の文化的伝統に新たな生命を吹き込むことに力点を置いている。先人から続く文化の連鎖の中に生きることをよしとする保守主義者としてのエリオットの姿勢は、代表的な評論「伝統と個人の才能」（一九一九）によく表れている。他に知られた作品としては、「荒地」とはまた違った宗教的境地を示す「四つの四重奏」（一九四三）、詩劇「カクテル・パーティ」（一九四九）など。

本書の愉快な猫たちの生態も、「荒地」を始めとするシリアスな詩も、ひとりの人間が書いたものだ。エリオットが『キャッツ　ポッサムおじさんの実用猫百科』の一篇とするつもりで書き始めながら、子供たちが読むには悲しすぎるとして収録しなかった「グリザベラ——グラマー・キャット」の年老いた娼婦猫がさまようブルームズベリー近辺の街路は、「荒地」と地続きなのかもしれない。この詩は八行分の断片が残っており、エリオットの二人目の妻ヴァレリーがミュージカル『ＣＡＴＳ』のスタッフにそれを示したことから、娼婦猫グリザベラはミュージカル版の主要なキャラクターとなった（ちなみに、断片の中で触れられているパブ〈ライジング・サン〉と〈フレンド・アット・ハンド〉はブルームズベリー地区に現存している）。

トッテナム・コートの汚れた街路
彼女が巡る場所（ショバ）はいろいろ
〈ライジング・サン〉から〈フレンド・アット・ハンド〉
パブからパブへ不毛の行路（ノー・マンズ・ランド）
郵便配達　頭かきかき溜息ついて
「世間はあれを　生きた猫とは思うまいて
誰も知るまい　あの猫こそは
グラマー・キャットのグリザベラとは！」

文学者エリオットの「表」の顔も知りたいという向きには、手頃なところでは岩崎宗治訳『荒地』（岩波文庫）があるし、中央公論社から『エリオット全集』も出ている。

最後に、わたくしごとを少々。訳者が初めて『キャッツ　ポッサムおじさんの実用猫百科』の一部を訳したのは、以前勤めていた和洋女子大学英文学科の企画で、学生向けに教員たちが数編ずつ競訳したときだった。今回の訳の中にも、かつての同僚の翻訳にヒントを得た部分が含まれていることを明記し、感謝したい。

小山太一

二〇一五年九月

たる倶楽部が現在でも数多く存続している。
ボー・ブランメル……ジョージ・ブランメル（1778〜1840）は、18世紀から19世紀にかけての英国のファッションリーダー。「洒落者」の綽名で知られる。
スパッツ……現在の日本で言う「スパッツ」ではなく、短靴の上部から足首にかけて着用する塵除け（２枚目のイラスト参照）。紳士の装いには欠かせないものだったが1920年代に急速に廃れ、古き良き時代の有閑階級を象徴するようなアイテムとなった。
ドローンズ倶楽部……おそらくは、エリオットが愛好した英国のユーモア作家Ｐ・Ｇ・ウッドハウス（1881〜1975）の作品に登場する同名の倶楽部（ウッドハウスの作中では、ピカディリー通りを北に渡ればセント・ジェイムズ地区からほんのわずかな距離にあるとされている）。詳しくは、Ｐ・Ｇ・ウッドハウス『ドローンズ・クラブの英傑伝』（文春文庫）参照。ちなみに、ウッドハウスによるドローンズ倶楽部ものの短篇集のひとつは『ヤング・メン・イン・スパッツ』（1936）という題名である。
「スキンブルシャンクス――鉄道猫」
ギャロウゲイト……スコットランド、グラスゴーの鉄道駅。スキンブルシャンクスが乗務しているのは、ロンドン―グラスゴー間の夜行列車と思われる（もっとも、実在の夜行路線はダンフリースを通らなかったはずであるが）。なお、エリオットはこの列車を「ナイト・メール」と呼んでいるが、彼と懇意だった後輩詩人のＷ・Ｈ・オーデン（1907〜1973）は「ナイト・メール」という詩を1936年制作の同名のドキュメンタリー映画のために書いている。ただし、映画に登場する「ナイト・メール」は郵便専用列車。
「モーガン爺さんの自己紹介」
フェイバーかフェイバーに御用の節は……1929年に設立されたフェイバー・アンド・フェイバーはエリオットの著作の版元であり、エリオットは同社の重役を務めてもいた。ふたりのフェイバー氏が共同経営していたかのような社名だが、経営者はサー・ジェフリー・フェイバーひとりである（「序文」で触れられているＴ・Ｅ・フェイバーはその息子で、本書出版時には少年だった）。

「ミスター・ミストフェリーズ」

ミストフェリーズ……ドイツのファウスト伝説に登場する悪魔「メフィストフェレス」を英語読みすると「メフィストフェリーズ」。その「メフィスト」の部分を「霧」（ミスト）に転訛させたもの。日本の読者には、立川(たつかわ)文庫の講談本に登場する真田十勇士のひとりで忍者の「霧隠才蔵」を思わせないでもない。

「マキャヴィティ――ミステリー・キャット」

マキャヴィティ……権謀術数の権化のように言われることの多いイタリアの政治家・著述家マキャヴェリと、探偵シャーロック・ホームズの敵役でホームズに「犯罪界のナポレオン」と呼ばれるモリアーティをかけ合わせた名前。

「ガス――劇場猫」

ツリーやアーヴィング……ハーバート・ビアボーム・ツリー（1852～1917）とヘンリー・アーヴィング（1838～1905）は、ヴィクトリア朝の英国劇壇を代表する名男優。

ネル……チャールズ・ディケンズ（1812～1870）の小説『骨董屋』の主要登場人物である薄幸の少女。

晩鐘……中世英国では、夜の８時に教会が就寝の鐘を鳴らす習慣があった。人々の就寝時刻がより遅くなっても習慣は残りつづけ、現在も晩鐘を鳴らす教会は多数存在する。

ディック・ホイッティントン……「ディック・ホイッティントンとその猫」は、14世紀末から15世紀初頭にかけてロンドン市長として活躍したリチャード・ホイッティントンに関する伝承物語。物語の中では、ホイッティントンは猫のおかげで財をなす。17世紀初頭にはすでに舞台化されている。

イースト・リン……『イースト・リン』（1861）は、ディケンズと人気を競った大衆小説家エレン・ウッド（1814～1887）による煽情的な小説。たびたび舞台化された。

猛虎の逃走／印度軍の大佐……おそらくは、アーサー・コナン・ドイル（1859～1930）のシャーロック・ホームズもの短篇「空家の冒険」に敵役として登場するセバスティアン・モーラン大佐の印度軍将校時代の冒険譚。「空家の冒険」で言及されている。ちなみに、印度軍将校と言っても現地人ではなく、植民地の軍隊を指揮する宗主国系の人物である。

「バストファー・ジョーンズ――シティボーイ・キャット」

セント・ジェイムズ……ロンドンの中心部、ピカディリー・サーカスの南西の地区。高級紳士服店が軒を連ねるジャーミン・ストリートがあり、ジェントルマンの社交場

訳注

「序文」

O・P…… Old Possum（ポッサムおじさん）のイニシャル。ポッサム（袋鼠）とは、詩人エズラ・パウンド（1885〜1972）がエリオットにつけた綽名。

「絶体絶命グラウルタイガー」

グレイヴゼンドからオックスフォード……グレイヴゼンドはテムズ河の河口、オックスフォードは上流に位置する。つまりグラウルタイガーは、テムズ一帯を川船で行き来しながら悪行を重ねていたわけ。

処刑板……18世紀から19世紀初頭にかけて、海賊が捕虜を殺す際に舷側から突き出した板の上を目隠しをして歩かせ、海に転落させる事例が発生した。海賊たちが見世物として楽しんだと言われる。

「ジェリクルたちの歌」

ジェリクル……エリオットの姪が「かわいい猫ちゃん」（dear little cat）と言おうと思ったが舌が回らず、「ジェリクル・キャット」と発音したことがヒントになったとされる。「ゼリー」（jelly）に「小さな」という意味の接尾語 -cle をつけたように聞こえるという音の面白さもあったのかもしれない。

「マンゴージェリーとランペルティーザー」

ヴィクトリア・グローヴ／コーンウォール・ガーデンズ／ローンストン・プレイス／ケンジントン・スクエア……いずれも、ハイド・パーク南西の一角にある通り。してみると、２匹は意外にアジトのご近所で犯行を重ねているのだろうか。

「デュートロノミー御大」

デュートロノミー……旧約聖書「申命記」の英語読み。申命記は古代イスラエルの指導者モーセがモアブで民に対して行なった説話をまとめたもの。モーセは120歳まで生きたとされる。1837年のヴィクトリア女王の即位以前にすでに歌に謳われていた御大は、ひょっとするとモーセ以上の歳かもしれない。

「ペキとポリクルの恐るべき戦い」

ポリクル……「かわいそうな犬ちゃん」（poor little dog）を舌足らずに発音すると、「ポリクル・ドッグ」となる。既出「ジェリクル」を参照。

ランパス・キャット……「ランパス」は「口論、騒ぎ」の意。

キャッツ　ポッサムおじさんの実用猫百科

2015 月 9 月 30 日初版発行
2018 月 6 月 20 日 2 刷発行

著者　T・S・エリオット
挿画　エドワード・ゴーリー
訳者　小山太一
装丁　渡辺和雄
発行者　小野寺優
発行所　株式会社　河出書房新社
〒 151-0051　東京都渋谷区千駄ヶ谷 2-32-2
電話（営業）03-3404-1201　（編集）03-3404-8611
http://www.kawade.co.jp/
組版　KAWADE DTP WORKS
印刷　三松堂株式会社
製本　大口製本印刷株式会社
ISBN978-4-309-27633-5　Printed in Japan

G is for Gorey!
The Wonderful World of Edward Gorey
柴田元幸＝訳

ギャシュリークラムのちびっ子たち
うろんな客
優雅に叱責する自転車
不幸な子供
蒼い時
華々しき鼻血
敬虔な幼子
ウエスト・ウイング
雑多なアルファベット
キャッテ ゴーリー
弦のないハープ
まったき動物園
題のない本
おぞましい二人
ジャンブリーズ
輝ける鼻のどんぐ
悪いことをして罰があたった子どもたちの話
蟲の神
むしのほん

★

エドワード・ゴーリーの世界
濱中利信編、柴田元幸、江國香織ほか著
どんどん変に・・・　エドワード・ゴーリー　インタビュー集成
カレン・ウィルキン編　小山太一・宮本朋子訳
エドワード・ゴーリーが愛する12の怪談　憑かれた鏡
柴田元幸・小山太一・宮本朋子訳